我會說故事

獅子和老鼠

新雅文化事業有限公司
www.sunya.com.hk

我會説故事
獅子和老鼠

插　　　畫：立雄
責任編輯：甄艷慈
美術設計：李成宇
出　　　版：新雅文化事業有限公司
　　　　　　香港英皇道499號北角工業大廈18樓
　　　　　　電話：（852）2138 7998
　　　　　　傳真：（852）2597 4003
　　　　　　網址：http://www.sunya.com.hk
　　　　　　電郵：marketing@sunya.com.hk
發　　　行：香港聯合書刊物流有限公司
　　　　　　香港荃灣德士古道220-248號荃灣工業中心16樓
　　　　　　電話：（852）2150 2100　　傳真：（852）2407 3062
　　　　　　電郵：info@suplogistics.com.hk
印　　　刷：中華商務彩色印刷有限公司
　　　　　　香港新界大埔汀麗路36號
版　　　次：二〇一四年七月初版
　　　　　　二〇二二年九月第八次印刷

ISBN 978-962-08-6154-3

給家長和老師的話

　　對於學齡前的孩子來說，聽故事、說故事和讀故事，都是他們樂此不疲的有趣事情，也是他們成長過程中一個非常重要的經驗。在媽媽、老師那溫馨親切的笑語裏，孩子一邊看圖畫，一邊聽故事，他已初步嘗到了「讀書」的樂趣。接着，再在媽媽、老師的教導下，自己學會說故事、讀故事，那更是給了孩子巨大的成功感。

　　本叢書精選家喻戶曉的著名童話，配上富有童趣的彩色插畫，讓孩子看圖畫，說故事，訓練孩子說故事、讀故事的能力。同時也訓練孩子學習語文的能力——每一個跨頁選取四個生字，並配上詞語，加強孩子對這些字詞的認識。詞語由故事內的詞彙擴展到故事外，大大豐富了孩子的詞彙量。故事後附的「字詞表」及「字詞遊樂園」，既讓孩子重溫故事內的字詞及學習新字詞，也增加了閱讀的趣味性。

　　說故事是一種啟發性的思維訓練，家長和老師們除了按故事內的文字給孩子說故事之外，還可以啟發孩子細看圖畫，用自己的語言來說一個自己「創作」的故事，這對提升孩子的語言表達能力和想像力會有莫大裨益。

　　願這套文字簡明淺白，圖畫富童趣的小叢書，陪伴孩子度過一個個愉快的親子共讀夜或愉快的校園閱讀樂時光，也願這套小叢書為孩子插上想像的翅膀！

lín
林

sēn lín
森 林

shù lín
樹 林

dà
大

qiáng dà
強 大

dà fang
大 方

zài yí gè sēn lín li　　　zhù zhe yì zhī qiáng
在一個森林裏，住着一隻強

dà de shī zi
大的獅子。

<ruby>zhōng<rt></rt></ruby>
中

<ruby>zhōng wǔ<rt></rt></ruby>
中午

<ruby>zhōng jiān<rt></rt></ruby>
中間

<ruby>dòng<rt></rt></ruby>
洞

<ruby>dòng li<rt></rt></ruby>
洞裏

<ruby>dì dòng<rt></rt></ruby>
地洞

měi tiān zhōng wǔ hòu　　tā dōu zài dòng li hū

每天中午後，他都在洞裏呼

hū de shuì jiào

呼地睡覺。

lǎo
老

lǎo shǔ
老鼠

lǎo shī
老師

liǎn
臉

liǎn shang
臉上

liǎn sè
臉色

yǒu yì tiān yì zhī xiǎo lǎo shǔ zài tā liǎn
有一天，一隻小老鼠在他臉

shang pá guò bù xiǎo xin bǎ tā nòng xǐng le
上爬過，不小心把他弄醒了，

6

xīn
心

xiǎo xīn
小心

fàng xīn
放心

shēng
生

shēng qì
生氣

shēng dòng
生動

tā hěn shēng qì
他很生氣。

zhuā
抓

zhuā qǐ
抓起

zhuā zhù
抓住

pà
怕

hài pà
害怕

bú pà
不怕

tā yì bǎ zhuā qǐ xiǎo lǎo shǔ xiǎo lǎo shǔ
他一把抓起小老鼠，小老鼠

hài pà de shuō shī dà gē qǐng nín fàng le
害怕地说：「獅大哥，請您放了

fàng
放

fàng xià
放下

fàng shǒu
放手

bào
報

bào dá
報答

bào dào
報道

wǒ ba　　wǒ huì bào dá nín de
我吧！我會報答您的。」

xiào
笑

dà xiào
大笑

xiào róng
笑容

dá
答

dá àn
答案

huí dá
回答

shī zi hā hā dà xiào shuō xiǎo
獅子哈哈大笑，說：「小
xiǎo de lǎo shǔ nǐ néng bào dá wǒ shén me
小的老鼠，你能報答我什麼？

guò
過

bú guò
不 過

guò qù
過 去

dǎn
膽

dǎn zi
膽 子

dà dǎn
大 膽

bú guò　　　nǐ dǎn zi hěn dà　　wǒ jiù fàng le nǐ
不過，你膽子很大，我就放了你

ba
吧！」

zhuǎ

爪

zhuǎ zi

爪子

shǒu zhuǎ

手爪

zǒu

走

fàng zǒu

放走

zǒu lù

走路

shī zi zhuǎ zi yì sōng jiù bǎ xiǎo lǎo shǔ
獅子爪子一鬆，就把小老鼠

fàng zǒu le
放走了。

diē
跌

diē jìn
跌進

diē xià
跌下

zhuō
捉

zhuō zhù
捉住

zhuō nòng
捉弄

yǒu yì tiān　shī zi diē jìn xiàn jǐng li
有一天，獅子跌進陷阱裏，

bèi liè rén yòng wǎng zhuō zhù le
被獵人用網捉住了。

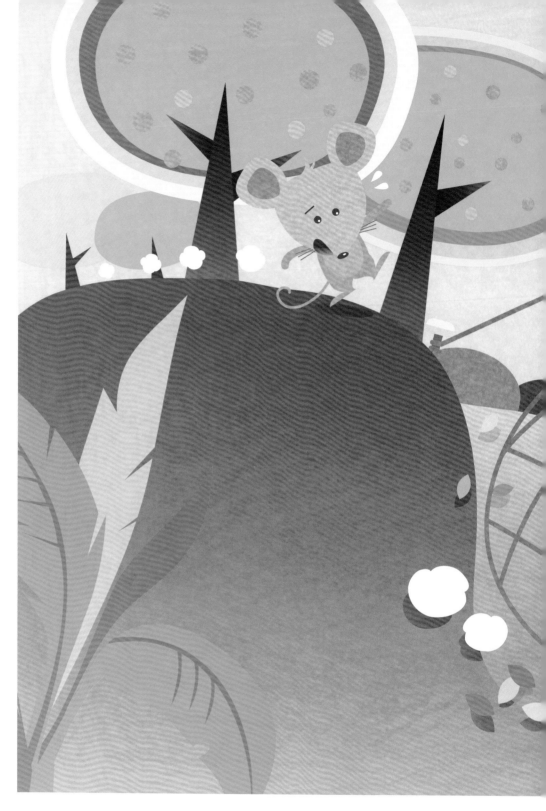

shí
時

shí jiān
時 間

shí hou
時 候

gāng
剛

gāng hǎo
剛 好

gāng cái
剛 才

zhè shí　　　xiǎo lǎo shǔ gāng hǎo jīng guò　　　tā
這 時 ， 小 老 鼠 剛 好 經 過 ， 他

zǒu shàng qián duì shī zi shuō　　　shī dà gē
走 上 前 對 獅 子 説 ： 「 獅 大 哥 ，

<ruby>要<rt>yào</rt></ruby>

<ruby>不<rt>bú</rt></ruby><ruby>要<rt>yào</rt></ruby>

<ruby>要<rt>yào</rt></ruby><ruby>好<rt>hǎo</rt></ruby>

<ruby>幫<rt>bāng</rt></ruby>

<ruby>幫<rt>bāng</rt></ruby><ruby>助<rt>zhù</rt></ruby>

<ruby>幫<rt>bāng</rt></ruby><ruby>忙<rt>máng</rt></ruby>

<ruby>不<rt>bú</rt></ruby><ruby>要<rt>yào</rt></ruby><ruby>害<rt>hài</rt></ruby><ruby>怕<rt>pà</rt></ruby>，<ruby>我<rt>wǒ</rt></ruby><ruby>來<rt>lái</rt></ruby><ruby>幫<rt>bāng</rt></ruby><ruby>您<rt>nín</rt></ruby>。」

jiān
尖

jiān lì
尖利

jiān ruì
尖銳

yǎo
咬

yǎo duàn
咬斷

yǎo yá
咬牙

shuō wán　　xiǎo lǎo shǔ yòng tā jiān lì　de yá
說完，小老鼠用他尖利的牙

chǐ bǎ shéng zi yǎo duàn le
齒把繩子咬斷了。

jiù
救

dé jiù
得救

jiù huǒ
救火

gǎn
感

gǎn jī
感激

gǎn dòng
感動

shī zi dé jiù le　　tā gǎn jī de shuō
獅子得救了，他感激地説：

xiǎo lǎo shǔ　　xiè xie nǐ
「小老鼠，謝謝你。」

xìng
興

gāo xìng
高興

xìng qù
興趣

gè
個

gè zi
個子

yí gè
一個

xiǎo lǎo shǔ hěn gāo xìng　　suī rán zì jǐ
小老鼠很高興，雖然自己

de gè zi hěn xiǎo　　dàn shì yě néng bāng shàng
的個子很小，但是也能幫　上

néng
能

kě néng
可能

néng gòu
能夠

máng
忙

máng lù
忙碌

jí máng
急忙

dà shī zi de máng ne
大獅子的忙呢！

字詞表

頁碼	字	詞語	
4-5	lín 林	sēn lín 森林	shù lín 樹林
	dà 大	qiáng dà 強大	dà fang 大方
	zhōng 中	zhōng wǔ 中午	zhōng jiān 中間
	dòng 洞	dòng li 洞裏	dì dòng 地洞
6-7	lǎo 老	lǎo shǔ 老鼠	lǎo shī 老師
	liǎn 臉	liǎn shang 臉上	liǎn sè 臉色
	xīn 心	xiǎo xīn 小心	fàng xīn 放心
	shēng 生	shēng qì 生氣	shēng dòng 生動
8-9	zhuā 抓	zhuā qǐ 抓起	zhuā zhù 抓住
	pà 怕	hài pà 害怕	bú pà 不怕
	fàng 放	fàng xià 放下	fàng shǒu 放手
	bào 報	bào dá 報答	bào dào 報道
10-11	xiào 笑	dà xiào 大笑	xiào róng 笑容
	dá 答	dá àn 答案	huí dá 回答
	guò 過	bú guò 不過	guò qù 過去
	dǎn 膽	dǎn zi 膽子	dà dǎn 大膽

頁碼	字	詞語	
12-13	zhuǎ 爪	zhuǎ zi 爪子	shǒu zhuǎ 手爪
	zǒu 走	fàng zǒu 放走	zǒu lù 走路
	diē 跌	diē jìn 跌進	diē xià 跌下
	zhuō 捉	zhuō zhù 捉住	zhuō nòng 捉弄
14-15	shí 時	shí jiān 時間	shí hou 時候
	gāng 剛	gāng hǎo 剛好	gāng cái 剛才
	yào 要	bú yào 不要	yào hǎo 要好
	bāng 幫	bāng zhù 幫助	bāng máng 幫忙
16-17	jiān 尖	jiān lì 尖利	jiān ruì 尖銳
	yǎo 咬	yǎo duàn 咬斷	yǎo yá 咬牙
	jiù 救	dé jiù 得救	jiù huǒ 救火
	gǎn 感	gǎn jī 感激	gǎn dòng 感動
18-19	xìng 興	gāo xìng 高興	xìng qù 興趣
	gè 個	gè zi 個子	yí gè 一個
	néng 能	kě néng 可能	néng gòu 能夠
	máng 忙	máng lù 忙碌	jí máng 急忙

字詞遊樂園
森林裏字開「花」

小朋友，森林裏很多很字開「花」了，請你仿照例子，在的格子裏填上適當的字，並讀一讀。

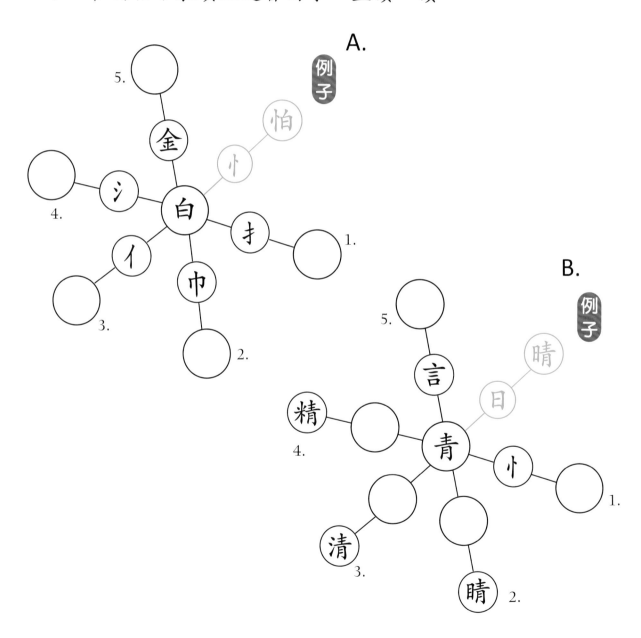

A.

B.

答案：A. 1.抱　2.帕/帛　3.伯　4.泊　5.鉑
B. 1.情　2.目　3.淸　4.米　5.護

三個相同字做朋友

　　小朋友，你有沒有發現「森林」的「森」字有什麼特點？噢，對了，它是由三個「木」字組成的，形容樹木叢生繁密的意思。是不是很有趣？這樣的字還有很多個呢，你認識嗎？請仿照例子寫一寫，並請爸媽或老師教你讀一讀，並問問他們這些字是什麼意思。

例子　　木　＋　木　＋　木　＝　森

1. 日　＋　日　＋　日　＝ ＿＿＿＿

2. 口　＋　口　＋ ＿＿＿＿ ＝　品

3. 石　＋　石　＋　石　＝ ＿＿＿＿

4. ＿＿＿ ＋　金　＋　金　＝　鑫

5. 虫　＋　虫　＋　虫　＝ ＿＿＿＿

附《狮子和老鼠》简体字版

P.4-5

zài yí gè sēn lín li　　zhù zhe yì zhī qiáng dà de shī zi
在一个森林里，住着一只强大的狮子。

měi tiān zhōng wǔ hòu　　tā dōu zài dòng li hū hū de shuì jiào
每天中午后，他都在洞里呼呼地睡觉。

P.6-7

yǒu yì tiān　　yì zhī xiǎo lǎo shǔ zài tā liǎn shang pá guò　　bù xiǎo xin bǎ tā nòng xǐng
有一天，一只小老鼠在他脸上爬过，不小心把他弄醒

le　tā hěn shēng qì
了，他很生气。

P.8-9

tā yì bǎ zhuā qǐ xiǎo lǎo shǔ　　xiǎo lǎo shǔ hài pà de shuō　　shī dà gē　　qǐng nín fàng
他一把抓起小老鼠，小老鼠害怕地说：「狮大哥，请您放

le wǒ ba　　wǒ huì bào dá nín de
了我吧！我会报答您的。」

P.10-11

shī zi hā hā dà xiào　shuō　　xiǎo xiǎo de lǎo shǔ　　nǐ néng bào dá wǒ shén me　　bú
狮子哈哈大笑，说：「小小的老鼠，你能报答我什么？不

guò　　nǐ dǎn zi hěn dà　　wǒ jiù fàng le nǐ ba
过，你胆子很大，我就放了你吧！」

P.12-13

shī zi zhuǎ zi yì sōng　　jiù bǎ xiǎo lǎo shǔ fàng zǒu le
狮子爪子一松，就把小老鼠放走了。

yǒu yì tiān　　shī zi diē jìn xiàn jǐng li　　bèi liè rén yòng wǎng zhuō zhù le
有一天，狮子跌进陷阱里，被猎人用网捉住了。

P.14-15

zhè shí　　xiǎo lǎo shǔ gāng hǎo jīng guò　　tā zǒu shàng qián duì shī zi shuō　　shī dà
这时，小老鼠刚好经过，他走上前对狮子说：「狮大

gē　bú yào hài pà　　wǒ lái bāng nín
哥，不要害怕，我来帮您。」

P.16-17

shuō wán　　xiǎo lǎo shǔ yòng tā jiān lì de yá chǐ bǎ shéng zi yǎo duàn le
说完，小老鼠用他尖利的牙齿把绳子咬断了。

shī zi dé jiù le　　tā gǎn jī de shuō　　xiǎo lǎo shǔ　　xiè xie nǐ
狮子得救了，他感激地说：「小老鼠，谢谢你。」

P.18-19

xiǎo lǎo shǔ hěn gāo xìng　　suī rán zì jǐ de gè zi hěn xiǎo　　dàn shì yě néng bāng shàng dà
小老鼠很高兴，虽然自己的个子很小，但是也能帮上大

shī zi de máng ne
狮子的忙呢！